가을을 주워들고

고경애 시조집

시음사
시사랑음악사랑

시조집을 내면서

창작을 하면서 특히 시조의 창작은 다른 문학 장르와는 다른 느낌을 갖기에 이르렀다

중국의 한시나 우리들이 쓰고 있는 자유시와는 다르게 민족문화에서 우리가 살고 있는 생활의 양식이나 가정적 전통까지 친근감의 교감이 남다르다는 느낌으로 시조를 다루게 되었다는 점이다 가령 어머니의 숨결이 내가 살아온 삶의 이랑에 이르러 거기에서 호흡하는 사랑은 어쩌면 짙은 향기와 인고의 삶과의 교감에서 영혼의 자리를 보는 것과 같다

나는 현대적 속성에 맞는 우리 문학인 시조와 21세기 자유시와의 관계도 내 판단에 의한 창작을 시도하는 생각의 일단을 밝히고 싶다 내 삶에서 문학과 더불어 어떻게 살아왔는가 하는 점을 고백으로 시와 시조란 작품으로 가꾸면서 창작을 통한 내 삶의 도량을 찾아가겠다는 이야기를 하고 싶다

이번 작품집을 꾸미게 해주신 김락호 이사장님께 감사드린다.

2018 입추에
시인 **고경애**

제1부 어머니의 가을

제2부 빗물로 쓴 편지

제3부 망각의 늪

제4부 구절초도 한숨 쉬네

다진 정
꼭꼭 여며서
이고 지고 오셨네요.

제1부

어머니의 가을

백중 사모곡

칠월 백중 둥근달
하늘에 걸려 있어

풀벌레 울어 에다
그리움으로 노는데

절절히
녹여 내릴까
어머님의 그 정을

방아 찧는 그 숨결
솔밭 위에 머무르다

시집간 막내둥이
애간장 태우고는

사모곡
별에 떠서 논다
어머님의 정 어르며

그리움만 쌓여가네

묵은 지 한 보시기
어머니 손맛을 보자

구석진 기억의 장독
뚜껑 열고 꺼내 보자

그리움
보태려는가.
묵은 지로 익히고

기억의 꼬투리라도
앞섶에 달아보자

씁쓰레한 웃음으로
달래려는 마음도 보자

몇 겹의
철이 들면서
그리운 정 물었네.

어머니의 텃밭

온몸으로 달궈낸
신열 배인 이랑이다.

키워내고 가꿔 온
엄니의 발소리 난다

어르고
가꾼 숨소리까지
아우르고 있었다.

사랑의 선물

솜털 보송보송한
나비잠 자는 천사려니

젖 물리면 눈 맞추며
옹알이로 마음 널고

세 살 적
부모 공덕을
다 갚는다고 우길까

어디 메서 오는가.
내 곁 지키는 사랑아

태실로 내린 인연
가꾸고 키워내는

자식은
하늘의 선물
하늘이 준 복이다

어머니의 가을

땀 절인 수정체에
가을을 담아낼까요.
홀태에 서린 눈물
땀 비지로 닦을까요.

지는 해
잡아두려고
애쓰시던 어머니

끝도 없는 가을걷이
참깨 들깨 어르더니
고슬고슬 말려두고
고소한 눈물 짜내어

자식들
어르고 가꾸며
챙겨주신 어머니

고추 마당 한가득
바슬바슬 널더니
새빨간 입술 훔쳐내
휘휘 감아 말아두고

18

다진 정
꼭꼭 여며서
이고 지고 오셨네요.

왕사탕 이야기

예닐곱 나이테가
아직도 부스럭대면

왕사탕 쥐어준 손
가만히 펼쳐줘요

할머니
성근 눈빛을
어떻게 잊겠어요.

촉촉이 젖은 이슬
온기로 키워내고

따스한 정 오물오물
꿈속에서 웃어 봐요

지금도
꿈길에서 만나는
할머니의 오일장

보름달

저기 저 달 속에
내 어머니 있나 봐요

달 보고 어매어매
보고 싶다 불러 봐요

어머니
내가 불러 주면은
환하게 웃어줘요

그리움의 나이테

그리움의 나이는
어떻게 매겨지나

내 가는 길 따라서
나랑 같이 가는 건가

어느 땐
하룻밤의 높이로
쌓여만 가는 탑신塔身

바람 줄 하나 스치다
사립문 밖 서성인다.

저만치 어둠을 밀고
뒤도 보지 않고 간다.

그리움
나 따로 저 따로
매겨지는 것인가.

맨드라미의 전설

불쑥 올라온 꽃자루
탐스런 입술 포개고는

봉싯봉싯 열린 미소
그 신음 길어내고

사랑도
한생에 두고
세월 속에 묻는다.

임을 위한 단심으로
충절을 지켜내고

그 빛살 타오름이
선혈로 지폈거늘

한평생
지켜온 기개
고운 얼로 피우겠다.

두견화

칭얼대는 잔바람
전설로 재우더니

산그늘 뒤에 숨어
입술을 깨물더니

두견새 울어 에는 밤
피울음으로 달랜다.

임 찾아오시는 길
행여나 더딜세라

꽃바람에 연지 찍고
꽃구름에 곤지 찍어

두견새 고혼의 숨결
꽃등 걸어 마중한다.

민들레의 외출

외길 끝에 머무른
젖은 물 풍선 하나

무엇을 찾아가서
무엇으로 남으려고

황혼녘
바람 잡아 두고
뒤볼 새 없이 간다.

나래 끝에 홀씨 하나
시절을 여며두고

세월을 불러 세워
바람으로 떠나는가.

물오른
사랑이 아니어도
저 세월 마다치 않네.

인연의 울안

내게로 오는 인연
스쳐 가지 말아요.

한 눈으로 보는 세상
얼마나 무모한지

편견을
버리고 나면
인연의 울 곱대요.

인연이 별건가요

살면서 나눠 갖는
오가는 정
하나면 되지

웃어주고 울어주는
하나 되는
맘이면 되지

스치는
바람 줄 하나
인연으로 걸어두지

지평선 축제

징개 만경 너른 들
숨소리도 정겹다

끝없는 황금들녘
천혜의 곡창지대

수탈의
아픈 역사에
울며 지나갔는가.

볏짚 어미 장구 소리
어절씨구 흥이 나서

황금 옷 차려입고
풍년을 부르는 노래

끝없이
펼친 이야기
어우러진 축제다

징개 : 김제의 방언

청보리 우정

아직도 파란 마음
어쩌지 못하고서

앞서거니 뒤서거니
보리밭 사이 길로

가버린
추억을 찾아
꿈을 꾸듯 걷는다.

기다림의 세월은
애틋한 정 묶어두고

정겨운 이야기로
도란대던 그 길엔

청보리
엿듣다 흘린
이야기마저 반긴다.

미련한 건가

잡은 손을 놓았는데
잡지 말 걸 그랬나.

오지 못할 다리 건너
저 멀리 가려 하네.

인연을
풀어버리면
그리움도 저물겠나.

부끄러운 고백

달그림자 따라 나온
늦둥이 마중 길인데

뭐 그리 부끄럽다
나 몰라라 내뺐는지

어머니 따라오시며
뭔 생각 하셨을까

낯 뜨거운 수치를
회초리로 질책했다

뭐 그리 대단하다
엄니를 무시했는지

세월이 데려온 그 자리
여기 내가 서 있소

마음으로 보는가.

호수는 하나인데
마음에 이는 파문

조석으로 지피는데
왜 이다지 변덕이고

이 한밤
다 내뱉는가.
한바탕 속울음을

아침에는 노래하고
점심에는 장난치고

저녁에는 사색하는
마음으로 묻는 정

호수는
잔잔한 물결
이런 나를 두고서

자성自省

마음의 문 걸어두면
사랑인들 담으리오.

질척한 응어리를
마음에 담아두고

내 안에 나 옥죄면서
누구 탓을 하리요

호시절만 기억 하다
사랑마저 풀어버린

등 뒤의 나무람도
듣지도 못한 내 연치

살아온 세월을 되짚는다.
기억의 산실에서

이야기를 심어보자

하루 길 주름잡아
삶의 길 묻고 싶다.

마른 가지 물을 주어
얘기꽃도 피우고 싶다

포삭한
영혼을 끼워두고
곧은 정 추슬러보자.

기억의 꼬투리라도
구들장에 풀어 놓고

미처 챙기지 못한
시절의 이야기 널고

하늘별
달이 다독여준
고단함도 묻어보자

눈물 젖어 오는 당신
기억으로 마중 합니다

한 세월 뒤란을 쓸어
빗물로 보냅니다.

제2부

빗물로 쓴 편지

봄의 미소媚笑

물오른 버들 아씨
실눈 뜨고 벙긋댄다.

돌 틈새 비집더니
가녀린 목 받쳐 놓고

연두 숨 자근거리며
봄인가
미소媚笑한다.

미소媚笑 : 아양을 떨며 애교스럽게 웃는 웃음.

추억이 와서

한 줌
추억이 와서
양지 녘에 걸어두고

시리도록 부르고픈
그대 마중 나섭니다.

꽃바람
물고 옵니까.
사랑 하나에 안깁니까.

수련의 미소

그리움 깨물고서
발그레 붉어진 볼

터져오는 속내를
어찌 차마 감추리까.

다소곳 몸짓 하나로
숨은 정을 어른다.

빗물로 쓴 편지

유리창에 그리움을
두 줄로 써 내립니다.

눈물 젖어 오는 당신
기억으로 마중 합니다

한 세월 뒤란을 쓸어
빗물로 보냅니다.

꽃반지 사연

초록동이 옹알이로
새벽잠을 깨웠었다

두 입술 하나 되어
손깍지로 걸었었다

눈물 짓
할매 손끝에
가락지로 끼웠었다

무지개 쌍둥이

하늘 마당 꽃구름아
바람 두 줄 걸었느냐

너는 깡충 나는 뒤뚱
마주 보며 춤추잔다.

바람은
어쩔 줄 모르고
배꼽 잡고 웃겠지

무지개 사랑

동살 허리 동여매고
옥로 입술 훔치더니

색동 웃음 수줍게도
볼우물에 감추더니

가슴에
스미는 사랑
무지개로 띄우네.

무지개 이야기

지는 해 등 뒤에서
오색 눈물 흘리느냐

달님을 불러다가
꽃등 걸라 이르더냐.

못다 한
이야기 풀어
일곱 빛깔 엮겠네.

잘 가시게나

성하의 짙푸른 꿈 감사로 피어나고
자고나 눈을 뜨면 한 뼘씩 자라는 들녘
코끝이 시리도록 젖은 유년의 소리였소

저 산이 불러주고 바다가 울어주고
당신이 주는 위로 삶도 같이 준비하고
그러다 당신의 열정에 등 돌리는 우리였소

세상사 다 그렇듯이 때가 되면 떠나는 것
등 떠미는 누가 있어 그런 거는 아니잖소.
그렇게 부질없다 마소 저만큼만 따라가소.

여름의 끝에서

창 너머로 오는 바람
묶어둔 정 풀어 놓고

비켜서는 시새움에
초록 옷을 내려주고

내 한철
데리고 놀던
그리움을 얻는다.

하얀 그리움

봄볕에 옷고름 풀어
끝동에 걸어둔 정

해거름 재촉하며
여밀 줄도 모르더니

목련꽃 하얀 순정만
분분하게 나른다.

오월의 행운 새

태양빛 따사로우면
나뭇잎에 살 오르고

고샅을 누비는 아이
희망의 노래를 한다.

오월은
행운의 새가
가둔 정도 물어온다

노루잠

눈썹달이 내려주는
아슴아슴한 그림자

밤새는 줄 모르는
기다림을 보태면서

그리움
문밖에 두고
*노루잠을 자는가.

노루잠 : 깊이 들지 못하고 자주 깨는 잠

아침의 평화

무슨 사연 있기에
그토록 궁싯대다

밤새 풀어낸 얘기
운무로 빗겨 놓고

그리움
깔아 두고서
회심 짓는 이 아침

제멋대로 펼쳐놓은
저 그림은 뉘 걸까.

빛나래 천사 품에
곤히 잠든 아가야

무심한
바람일러니
이 아침의 평화여

궁싯대다 : 잠이 오지 아니하여 누워서 몸을 이리저리 뒤척거리다.
나래 : 날개의 방언

구름 나그네

얼마나 더 삼켜야
서린 한을 재우려나.

밤새껏 울어대니
대신 와서 서성대고

개구리 지세상이라
덩달아서 합창한다.

동살 업은 꽃구름
산자락 여미어서

목 잔등에 올라탄
삿갓구름 내려주니

한 바퀴 산 돌아가며
뒷짐 지고 산책한다.

화이트데이 추억

장미 송이 한 아름
사랑으로 훔치더니

그 환한 미소 당겨
내게로 안겨 온다.

사알 짝
귓가에 소살거리는
내 사랑의 메신저

봉선화 연정

꽃잎에 물들인 사연
콩닥 이는 설렘 두고

열 손가락 동여매고
지새우는 그리움아

꽃물 든
두 손 모으고
기다리는 첫사랑

눈가에 주름조차
여태도 못 감추고

손톱 끝에 초승이
그리움을 세어가며

손끝에
오실 내 님 두고
빗살 무늬 올린다.

꿀잠

오물오물 밥 먹다
딸랑 수저 놓치더니

조잘조잘 노래하다
장미향에 취하더니

어느새
팔베개 베고
꿈나라로 여행가

통일의 추

질곡의 세월 품어
숨 절여둔 기다림

민중의 함성으로
침묵을 깨우지만

한시도
재울 수 없어
통일의 추를 답니다.

통일로 가는 길

생사를 넘나들며
묻어둔 언약이 있어

동강난 허리 꿰매는
염원의 숨결이 있어

한겨레
하나 되는 길
빛의 소리로 어른다.

고향의 봄을 불러
그리움을 업어주던

통일의 노래 불러
소원을 들어주던

길 위에
세워둔 저 세월
불러와도 될 것 같다

기억이

머무른 자리

늪으로 빠지겠다.

제3부

망각의 늪

덫

그리움을 쪼아 먹다
덫에 걸린 어미 새야

빈 들에 머무는 생각
한 조각 젖고 있으랴

추억도
한 줌 정을 묶고서
꺼억꺼억 울리랴

망각의 늪. 1

아슴아슴한 기억
물어온다.
새 하나가

건네는 눈빛에도
속내를 열지 못해

기억이
머무른 자리
늪으로 빠지겠다.

망각의 늪. 2

한 오라기 머문 자리
씨 날줄로 세워뒀다
엉성하고 밉보여도
삶의 자리 엮어갔다

허투루
살지 않으려
다잡기도 했었다

세월 속에 묻어둔
한숨소리 새어난다
뭉텅이로 빠져가는
삶의 자리 어이하리.

살아온
세월에 묻고
여며두라 하는가.

망각의 늪. 3

마음이 가는 대로
잊힌 기억 마중하다

내 안의 너를 찾아
울 밖으로 나서지만

온 세상
어디를 가나
흔적마저 없구나.

어느 것 하나라도
헤아려 어르고 싶다

바람 줄에 걸린다면
촘촘히 그물로 엮고

그리움
한 조각만이라도
건져 올려 보고 싶다

고독이라는 병

사랑인 줄 알았는데
외로워서 추웠어요.

송진 껌 딱지처럼
몰래 붙여놨어요

고독은
고도孤島의 손님
마중하는 병이었어요.

고독 사死

우지마라 문풍지야
장송곡을 부르더냐.
꺼이꺼이 울어본들
들어줄 손 있더냐.

한 영혼
천길 나락으로
숨결 조여 가는가.

세월의 등허리로
빠져나간 그림자
가쁜 숨 몰아가도
데려올 길 요원하다

세월은
재앙의 시간을 엮어
고혼孤魂으로 저물겠다.

조용한 임종

삶은 늘 아쉬운 것
가는 곳도 모른다더니

달려온 길 위에서
햇살 한 줌 갈망하다

가는 길 가르고서야
들숨을 거부하는가.

등잔불 아래서

까닭 모를 눈물을
그을음에 핑계 대다

서편으로 기우는 달
품어 안고 흐느꼈지

호롱불
심지 꼬아낸
한 시절의 넋두리

어둠이 안타까워
눈을 감고 되새기다

잔등머리 심지 태워
온 밤을 지켜왔지

가둔 정
가꿔온 자리
뉘 덕인가 묻는다.

일장춘몽

우거진 골짜기던가
푸름이 한철인데

먼 길 달려온 길손
왜 한숨마저 저무나

저물녘
산모퉁이 돌아온
저 풍경소리 맞을까

한잠 자고 깨어보니
서산 너머 해는 지고

허허로운 빈 들녘
허기진 삶이로다.

강나루
건너서 갈까
봇짐 싸는 나그네

하늘을 뉘어보자

바람이 가는 길에
고단한 삶 풀어 놓고

자연의 숨소리로
생명을 지켜내는

우리가
사랑해야 할
하늘을 뉘어보자

네 그림자 따라가다
놓쳐버린 내 그림자

숲의 얘기 깔아서
하늘 곁에 뉘어주고

쫓겨 온
세월 잡아서
기억에 둔 정 물어보자

공감대

하얀 속삭임에 얹어
서슴없이 끄덕이고

수줍은 박꽃 웃음
줄 송이로 피어내면

달빛도 끄덕여 주는
순정 안은 포장지

너절한 혼돈의 늪
정립한 가치관대로

정도正道에 동참하고
사도邪道를 거부하고

맑은 혼 가두지 말고
올곧게 세우는 길

칭찬 릴레이

혀가 세치라든가요
세치 끝에 이어진 말

무수한 별 무리를
찾아 나선 목마처럼

누구나 오르고 싶은 길
칭찬으로 달려보세

말 한마디 물어내고
치도곤을 당하기도

말 한마디 거들어서
천 냥 빚도 갚는다니

세치 혀 기울기 함수
칭찬으로 맞춰보세

책 속의 길

지혜로운 삶의 서막
일깨우고 가꿔내지

지혜의 꽃 피워내고
진리의 열매 거두지

책 속에
길이 있다지.
찾아보세 그 길을

속엣 말

속엣 말 꽁꽁 매서
시렁 위에 얹었더니

가끔씩 올려보며
가슴으로 삭이라네,

언제쯤
가슴의 소리
세월 속에 풀거나.

바다 위에서

등대는 나를 부르고
하늘도 나를 부른다.

갈매기 빙그르르
엿보는 줄도 모르고

그리움 한 덩이 풀어
세월을 되감는가.

묵상

산등성
등성이마다
얼룩진 허무로 젖어

벗겨내고 닦아낸
열두 폭
설산의 병풍

다가온
처마 끝 고드름
떨림으로 묵상한다.

빛과 그림자

태양 뒤에 누워서 터널에 갇힌 족쇄
단 한 번만이라도 벗고 싶은 욕망인데

그 누구
일러 주겠소
부질없는 일이라도

먹구름에 가려진 일그러진 초상에
빛을 보는 존재 이유 조금은 알 듯 싶어

해 울음
붙들어서라도
동반자로 남고 싶소.

이웃사촌

오며 가며 건네는 사소한 말 한마디
눈으로 끄덕이고 가슴으로 들어주고

한 마음
두 마음을 얹는
정 담아둔 쉼터다

삶은 혼자가 아닌 더불어 사는 것
철 늦어 맺은 인연 솜사탕 날리듯이

작은 정
좁쌀 같지만
내 가슴을 데운다.

촌음을 아끼자

내일 없는 오늘을 생각한 적 있다면
지금보다 귀한 것이 세상에 또 있는가.

현재를
가꾸는 지혜
미래 또한 열어주리

누군가의 시선을 의식한 적 있다면
한순간도 허투루 살순 없지 않은가

촌음을
아끼는 습관
평생을 가꾸겠네.

새 생명의 신비여

새 생명을 잉태하는
소리조차 숨죽이고

잎새 눈물 흘리면서
가쁜 숨을 아끼는데

무지가 불러온 욕심
그런 줄도 몰랐네.

버려진 운명이어도
다소곳이 감내하고

허접하고 어둔 자리
한 계절을 지새우며

강인한 숨 불어넣는
새 생명의 신비여

땀 내음 세월 절여 한 올 한 올 짜내어
색 짙은 가을 얘기 풀어내는가 싶더니
시월은 저리 달아나고 한숨마저 거두겠네.

제4부

구절초도 한숨 쉬네

가을 연서

열정도 차오르면
바람 따라 떠나는 것

사계의 정연한 뜻
앞서거니 뒤서거니

다가올
세월을 두고
마음으로 어를까

밤송이

송이송이 밤송이
가시집에 와서 사니

뾰쪽뾰쪽 가시 침
피 나면 어쩌려고

그래서
두꺼운 옷 입은 거니
가시 뚫고 웃겠네.

파란 집에 살 때는
쳐다만 보더니만

누가 색을 입혀줬나
밤색 옷 입혀주었나

알밤이
제 스스로 구르며
꿀밤 준다 하더라.

가을을 주워들고

파란 하늘 담아서
갈잎 노래 띄워보자
은행잎 앞치마에
가을을 주워들고

내 한철
곱게 물들이고
요정의 춤 추어볼까

가을 하늘 불러서
은빛무대 펼쳐두자
바람자락 휘감아서
춤도 한번 춰보자

이 가을
욕심쟁이 구름도
코스모스 허리 감는다.

바람의 손을 잡고
햇살도 안아보자
조각구름 베어 물고
유리 구두 만들어보자

저 가을
동화 속 요정에
유리 구두 신겨주자

구절초도 한숨 쉬네

헛기침 바슬바슬 목울대에 가둬두고
보랏빛 눈망울마저 어쩌자고 딴청인지
무시리 내린 언덕에 한숨만 쌓이겠네.

땀 내음 세월 절여 한 올 한 올 짜내어
색 짙은 가을 얘기 풀어내는가 싶더니
시월은 저리 달아나고 한숨마저 거두겠네.

가을 낚시

그리움을 엮어서
바람으로 낚을래요.

숭숭 뚫린 마음자리
바람 편에 실어줄래요

억새는 아무나 오라
불러대고 있어요.

서걱대는 정을 묶어
등 뒤에 세웠어요.

절 지난 늦은 안부
물어주는 시절인데요.

구름도 손을 내밀어
따라오라 했어요.

가을 눈물

발그레 붉어지다
고개마저 떨구는 날

바람 한 자락에도
간지러워 꼬더니만

쉿소리
소맷자락 들락 이다
흘리는 눈물이여

하늘 땅 뒤집어져도
때 되면 돌아오려니

징징 울지도 말자
한 계절 자랑인 것을

또 한철
어르고 산 세월
찬 가을보다 차갑다.

가을은 추억을 부르고

코스모스 허리 감다 그대로 움켜쥔 정
사랑 묻은 그 냄새에 숨도 못 쉬고 울었지
고무신 거꾸로 잡고 벌을 쫓는 그림자

사랑에 빠진 벌 한 놈 발 냄새에 가둬두고
멀찍이서 숨어보던 잔상만이 서러운지
가을은 나를 불러서 추억 마중 하래요

노랑아 빨강아

타는 속도 모르고서
박수 치고 환호했나.

찬바람 불어오는 날
뒹굴다 흘린 눈물

옷깃을 여미어 잡고
바람의 손 훔쳐볼래.

알록달록 꿈 접어서
긴 기다림 견뎠구나.

시린 가슴 녹이려고
뒹굴던 마음 자락

자연의 순리로 태운
그리운 정 적셔줄래.

만산홍엽아

봄여름 지내온 정
오색 물로 적셨느냐

초록을 내린 서러움
무서리로 깔아놓고

청춘은
바스러지고
입술만 깨무느냐

사계의 정연한 뜻
우주의 질서 앞에

청춘의 불같은 사랑
홍엽으로 지켜내고

설한풍
견뎌내려고
홍엽마저 떨구느냐.

가을 애상

뒹구는 낙엽조차
차마 못 보내는가.

나뭇잎 배 띄우고
노를 젓는 바람아

우리 곁
떠날 채비겠지
낙엽비가 내린다.

벌나비 고운사랑
옥수로 부여잡고

수줍은 미소 뒤에
씨 주머니 여몄거늘

저 세월
야속하게도
기다리라 하는가.

둥지에 가을이 내리면

차창에 기댄 수다 꽃노을에 던져두고
어둠이 몰아간 터에 허둥대는 귀소성

땅거미 쫓기 바쁘다
어미마음인 게지

바람조차 비켜서는 산 노을 허리춤에
그리움 길어다가 가을을 엮어가며

길 잃은 바람 데리고
길마중도 나서겠지

구름 한가로이 놀다 인경에 걸려 울면
새들의 숨소리마저 가을 자락 길들이고

가을이 내려 온 자리
신비로 묻어가겠지

달빛이 고요해서

1
입맞춤에 다사로운 너의 꽃잎 사랑을
달빛 창가에 설친 빛살로 깨워 봐요.

그 누가
물어 갔나 봐요.
꿈길로 오려나요

2
그리움만 물어주고 멀어져 가는 달무리
긴긴밤 애태우며 어이 홀로 지새울까

달빛이
조요로이 와서
저문 사랑을 묻는다.

나목의 사연

바람의 옷 한 벌로
야윈 가슴 데우고자

앙상하게 밀어 올린
겨울 산을 달래고저

한 계절
묵언수행으로
기다림을 배운다.

인고의 세월이사
숙명으로 삶을 묻고

숨 가쁘게 길어 올린
다 털어낸 정 하나

허기진
삶을 물으랴
한겨울을 가꾼다.

으뜸 선물

연둣빛 새순보다
더 곱고 예쁜 고놈이

함미라 부르면서
초롱별로 눈 맞추네

고 예쁜 아기 천사가
하늘이 준 선물이다.

speed gun

웬일인지 모르게 조심주의보 신호다
모퉁이 막 돌아서니 번뜩이는 매의 눈

저만치 뭘 노리겠는가.
아뿔싸.
걸렸구나.

브레이크를 밟지만 계기판이 울상이다
뉘신지 모르는 분 죄송해서 어찌하나

경고등
켜지기 전에
안전수칙 지키란다.

자화상

시절을 잡고 놀다
삭정이에 걸렸겠지

애먼 삭풍 탓하다가
끝내
장삼에 가뒀겠지

한 세월 돌릴 수 없어
가부좌를 틀었겠지

늦어도 괜찮아

바늘허리 매어서는 한 땀도 뜰 수 없어
하루해가 짧다고 지는 해 잡아지던가.
세상사 서두른다고 앞서가지 않는다.

한 걸음씩 그렇게 나서는 황혼 길인데
두 걸음에 세 걸음을 준비하며 가는 여정
이제는 놀빛을 주워 담고 둥지도 틀어야지

이정표

엄니 가던 그 길을
오늘 내가 걸어가요

내일이면 이 길 따라
우리 아이 걸으려니

허투루 가지 않도록
이정표 세워 두고

너 하나로도 좋을
자존감 지켜내면

좌표 잃고 서성일 때
삶의 자리 매겨주고

천 방울 눈물도 삭여
세월을 짚어주겠지

파란 손 아가

작은 바람 소리에도
새가슴은 울어요.

태양 아래 뛰는 친구
부러워서 또 울어요.

우리가
손을 모아서
바람의 손 잡아줘요

두 손 모아 기도하고
정도 하나 더해줘요

온 누리의 사랑으로
새 생명 거듭나요

신이여
돌아봐 주오
파란 손의 저 아가를

영원한 둥지

삿갓구름 앉는 곳에
둥지 하나 틀어두자

접어둔 꿈 걸어두고
새 하나 지저귐 두고

한평생
살아온 자리
세월 끝에 묻어보자

허물 많은 세월이사
뒤돌아서 용서 빌까

미안하고 고마운 정
가슴으로 대신하고

내 연치
비워두고서
둥지 속에 들어보자

詩는 그 시인의 靈魂의 꽃이다.

박 영 교

(시인 · 전 한국시조시인협회 수석부이사장)

시인은 그의 나라 언어와 그의 사상적 혼을 일깨워서 글을 쓰게 되는데 글을 어떻게 쓸 것인가에 앞서 무엇을 쓸 것인가를 먼저 생각하지 않을 수 없다. 그러므로 그 작품 속에는 사상적 월훈月暈이 서 있으면서 은연중에 시인의 내면세계가 베어져 나오면서 인생의 향기가 묻어나오게 되는 것이다.

시조時調를 쓰는 시인은 흔히 이중고二重苦를 앓는 시인이라고 한다. 왜냐하면 시조작품은 율격律格에 맞아야할 뿐만 아니라 시적詩的 형상화形象化도 되어져야 하므로 항상 그 어려움에 직면하고 있는 시인이 시조시인이다. 환언하면 시조작품이 율격에도 벗어나지 않아야 하지마는 시詩로서 작품을 승화 시켜야 하기 때문이다.

시인은 시로만 표현하는 문학인이 아니라 그 작품을 읽는 독자들의 마음 밭을 경작耕作할 수 있는 능력의 소유자로서 독자들의 심적心的 감동感動을 새로운 삶으로 옮겨 갈 수 있도록 해 주는 그림자이어야 한다.

고경애 시인의 작품집은 전 4부로 나누고 있으며 고경애 시인 대부분의 작품이 호흡이 짧은 작품으로 구성되어 있다.

작품집 제1부 맨드라미 전설 20편, 제2부 빗물로 쓴 편지 20편, 제3부 망각의 늪 20편 제4부 구절초 한숨 쉬네. 20편 전작 총80편의 작품 중 단형시조는 32편이며, 2수씩 1편으로 된 연시조는 44편, 그리고 3수씩 1편으로 된 연시조 작품은 4편 등이다.

먼저 제1부의 작품을 보자.

> 온몸으로 달궈낸
> 신열 배인 이랑이다.
>
> 키워내고 가꿔 온
> 엄니의 발소리 난다
>
> 어르고
> 가꾼 숨소리까지
> 아우르고 있었다.
> ---------------------- 「어머니의 텃밭」 전문

고경애 시인이 텃밭에 가서 어머니의 땀 배인 냄새며 어머님이 밭고랑마다 흘리고 온 전신으로 가꿔내던 이랑을 생각하며, 그 밭에서 나는 곡물을 키워내며 가꿔 온 어머님의 발자국소리를 들을 수 있었다.

'그 밭의 곡식은 주인마님의 발자국 소리를 들으며 큰다.' 는 말이 있듯이 고경애 시인은 그 텃밭에서 크는 모든 곡식

들은 엄니의 발자국 소리를 표현하고 있다. 종장에서는 어머님의 숨소리까지 엿들을 수 있는 시인의 감수성을 엿볼 수 있는 작품이다.

땀 절인 수정체에
가을을 담아낼까요.
홀태에 서린 눈물
땀 비지로 닦을까요.

지는 해
잡아두려고
애쓰시던 어머니

끝도 없는 가을걷이
참깨 들깨 어르더니
고슬고슬 말려두고
고소한 눈물 짜내어

자식들
어르고 가꾸며
챙겨주신 어머니

고추 마당 한가득
바슬바슬 널더니
새빨간 입술 훔쳐내
휘휘 감아 말아두고

다신 정
꼭꼭 여며서
이고 지고 오셨네요.
----------------------「 어머니의 가을」 전문

고경애 시인의 작품 「어머니의 가을」은 앞의 작품 「어머니의 텃밭」 내용을 이어 쓴 작품으로 고경애 시인의 작품 중 가장 호흡이 긴 작품 중의 한 작품으로 가을이 되어 모든 추수를 위하여 엄니는 자식들을 위해 준비해 주시는 고마움을 시인은 잘 알고 있는 작품이다.

　　첫째 수에서는 가을이 되어 짧아진 해를 좀 더 길게 붙잡고 싶은 어머니의 마음을 시인은 잘 알고 있다. 둘째 수에서는 가을걷이를 하여 참깨 들깨 등 많은 곡식들을 싸가지고 자식들에게 나누어 주려고 노력 하시는 어머님의 노고를 잘 표출하고 있음을 볼 수 있어 좋다. 마지막 수에서는 고추 등 곡식을 꼭꼭 여며 싸가지고 자식들을 주려고 올라오신 어머님의 정겨움을 시인은 놓치지 않고 나타내고 있음을 볼 수 있다. 어머님께서 가지고 올라오신 것은 고맙게 생각하는 자식이라면 그 귀한 어머님의 땀 냄새와 흘린 고생의 눈물을 헤아릴 수 있는 훌륭한 자녀들임도 함께 느낄 수 있는 것이다.

　　　　　저기 저 달 속에
　　　　　내 어머니 있나 봐요

　　　　　달 보고 어매어매
　　　　　보고 싶다 불러 봐요

　　　　　어머니
　　　　　내가 불러 주면은
　　　　　환하게 웃어줘요
　　　　　--------------------- 「보름달」 전문

고경애 시인의 작품「보름달」속에서 어머니에 대한 사랑이 보름달처럼 넘쳐 있고, 하루의 긴긴 해보다 더 긴 여운이 깃든 그리움이 묻어나는 어머니의 가슴 아픈 그리움이 보름달빛처럼 녹아있는 작품이라고 할 수 있다.

어머니와 멀리 떨어져 있지만 달밤의 보름달을 쳐다보면서 어머님도 저 달을 보고 계시지 않겠는가? 보고 싶은 어머니의 모습을 보름달에 비유하여 환하게 웃는 어머니의 모습을 떠 올리고 있는 시인의 모습을 볼 수 있다.

예닐곱 나이테가
아직도 부스럭대면

왕사탕 쥐어준 손
가만히 펼쳐줘요

할머니
성근 눈빛을
어떻게 잊겠어요.

촉촉이 젖은 이슬
온기로 키워내고

따스한 정 오물오물
꿈속에서 웃어 봐요

지금도
꿈길에서 만나는
할머니의 오일장
-------------------「왕사탕 이야기」전문

고경애 시인은 작품「왕사탕 이야기」를 통해 할머니의 사랑을 이끌어 내고 있다. 어린 시절 장날이 되면 할머니가 장에 가서 손주 줄 왕사탕을 사가지고 장보따리에 넣고 와서 손자 손녀들에게 나누어주던 할머니의 따사로운 정이 생각난다.

할머니의 성근 눈빛을 약사이며 시인이 된 손녀는 아직도 그 눈빛을 잊지 못하고 그리움으로 되새김질을 하고 있음을 느낄 수 있다. 촉촉이 젖은 눈빛과 이가 없어 오물거리며 씹는 할머니의 정을 지금도 꿈길에서 자주 만나면서 오일장 할머니의 왕사탕을 생각하고 있는 것이다.

징개 만경 너른 들
숨소리도 정겹다

끝없는 황금들녘
천혜의 곡창지대

수탈의
아픈 역사에
울며 지나갔는가.

볏짚 어미 장구 소리
어절씨구 흥이 나서

황금 옷 차려입고
풍년을 부르는 노래

끝없이
펼친 이야기
어우러진 축제다
--------------------------「지평선 축제」전문
*징개 : 김제의 방언

작품 「지평선 축제」는 김제의 지평선축제를 일컫는 호칭이다. 대한민국의 제일의 쌀 생산이 되는 호남평야에서 행해지는 축제이다. 호남평야는 김제시를 비롯하여 전주, 익산, 군산, 정읍, 등 5대 시와 부안, 완주, 고창 등 3개 군이 어우러지는 곳이기도 하다.

우리나라의 3대 유명하고 오래된 저수지는 밀양의 수산제守山堤, 제천의 의림지義林池, 김제의 벽골제碧骨堤를 가리킨다.

일제 강점기에는 왜놈들이 호남평야에서 추수한 쌀을 수탈하여 군산항에서 싣고 일본으로 가져가는 수법을 쓴 것이다. 고경애 시인은 김제 「지평선 축제」를 보면서, 천혜의 곡창지대 황금들판을 보면서, 뼈아픈 왜놈들 수탈의 아픈 역사를 기억하면서, 찡한 아픈 가슴을 억제하지 못하고 있음을 찾아볼 수 있다.

아직도 파란 마음
어쩌지 못하고서

앞서거니 뒤서거니
보리밭 사이 길로

가버린
추억을 찾아
꿈을 꾸듯 걷는다.

111

기다림의 세월은
애틋한 정 묶어두고

정겨운 이야기로
도란대던 그 길엔

청보리
엿듣다 흘린
이야기마저 반긴다.
－－－－－－－－－－－－－－－－－－－－－－－「청보리 우정」 전문

　고창에는 청보리밭 축제가 열린다. 호남평야는 아마 이모
작을 하거나 아니면 청보리나 밀을 갈아서 통밀가루를 생산
하는 것을 볼 수 있을 것 같다.
　우리 초등학교 다닐 때 보리밟기 하러 겨울방학 때도 학교
에 나오고 또 보리를 통해 많은 배고픔을 넘기며 살아왔던
민족이다.
　보리밭의 추억은 많은 사람들이 젊음을 간직한 하나의 추
억이 많을 줄 안다. 청보리 밭이 우거질 때면 그 이랑 사이에
서 사랑도 나누고, 연인끼리 기다림의 역사가 이랑마다 숨
어 숨 쉬고 있는 곳이기도 하다. 보리밭 사이 길로 두렁을 타
면서 이어지는 사랑 이야기들, 우리는 그것을 고경애 시인
의 작품「청보리 우정」을 통해 그리움을 토하고 있음을 느
껴볼 수 있다.

유리창에 그리움을
두 줄로 써 내립니다.

눈물 젖어 오는 당신
기억으로 마중 합니다

한 세월 뒤란을 쓸어
빗물로 보냅니다.
ーーーーーーーーーーーーーーーー 「빗물로 쓴 편지」 전문

　　고경애 시인의 작품 「빗물로 쓴 편지」는 단형시조 또는
단수시조로서 의미가 있는 작품이다. 월래 시조를 말하면
단형시조를 일컫는 말이지만 현대시조로 넘어오면서 그 짧
은 형식 속에서 많은 내용을 담는 것이 한계가 있어 연시조,
연작시조로 발전한 것이다.

　　사랑하는 사람, 아니면 사랑했던 사람의 그리움에 대한 이
야기이다. 그리움의 눈물을 빗물로 은유 화한 작품으로 많
은 그리움의 기억을 내 생의 뒤란을 쓸어서 빗물과 함께 보
내는 시인의 마음이 진하게 담겨있다.

태양빛 따사로우면
나뭇잎에 살 오르고

고샅을 누비는 아이
희망의 노래를 한다.

오월은
행운의 새가
가둔 정도 물어온다
-----------------------「오월의 행운 새」전문

　시인은 오월이면 새로운 어떤 희망이 올 것을 예견하고 있
는 것을 볼 수 있다. 어쩌면 사월의 꽃보다 오월의 녹 빛을
더 바라고 있는 사람들의 심리일지도 모른다.

　J · Isaacs는 '시와 과학' 이라는 글에서 "시가 진정한 시라
고 한다면 누군가에게 전달될 수 있을 것이다. 왜냐하면 시
인이 예언자가 되어 있다는 것은 오직 자신의 시대 속에 청
중을 가지고 있기 때문" 이라고 말하고 있으며 또 시인이란
추도연설을 하기 위해서 태어난 것은 아니다. 시인은 사물
이 발생하고 있는 바로 그 순간에 지적해야 한다고 했다.*

　고경애 시인은 새로운 삶의 태양이 떠오르고 연둣빛 나뭇
잎들이 피는 희망의 노래가 올 것이며 신이 가두워 둔 행운
도 나타날 것을 노래하고 있다. 바로 오월 이 시간에 말이다.

마음이 가는 대로
잊힌 기억 마중하다

내 안의 너를 찾아
울 밖으로 나서지만

온 세상
어디를 가나
흔적마저 없구나.

* 박영교. 『詩와 讀者사이』(도서출판 청솔 2001) p. 123

어느 것 하나라도
헤아려 어르고 싶다

바람 줄에 걸린다면
촘촘히 그물로 엮고

그리움
한 조각만이라도
건져 올려 보고 싶다

----------------------- 「망각의 늪. 3」 전문

　사람들은 나이가 들면서 자꾸만 잊어버리고 새로운 것을
기억하는데 어쩌면 그것이 또 하나의 삶의 원리일지도 모른
다. 고경애 시인의 「망각의 늪. 3」은 그런 것일 수도 있고
사람이 살아가는 하나의 길일 수도 있는 것이다.

　시를 쓰고 시집을 출간 한다는 것을 흔히 산모産母가 아기
를 출산하는 고통에 비유하기도 한다. 적어도 자신의 시집
을 묶어낸다는 것은 한 시인의 인생 한 부분을 정리해 내는
작업이라고 볼 수 있다. 이는 또한 다른 새로운 길의 시작을
예고하는 것이기도 하다.

사랑인 줄 알았는데
외로워서 추웠어요.

송진 껌 딱지처럼
몰래 붙여놨어요

고독은
고도孤島의 손님
마중하는 병이었어요.
----------------------------「고독이라는 병」 전문

　고독이라는 병을 앓아보지 못한 사람은 잘 모른다. 전 연세대학교 교수인 김형석 에세이 『고독이라는 병』에서는 고독의 반대는 사랑이라고 했지만 고독은 사랑의 반대 개념은 아닌 것 같다.

　고독은 어디까지나 고독이다. 외로움도 함께 가두어져 크는 것 같은 느낌도 있다. 고경애 시인도 고독은 고도孤島에 외롭게 사는 로빈슨 크루소를 마중하는 병이라고 했다.

우지마라 문풍지야
장송곡을 부르더냐.
꺼이꺼이 울어본들
들어줄 손 있더냐.

한 영혼
천길 나락으로
숨결 조여 가는가.

세월의 등허리로
빠져나간 그림자
가쁜 숨 몰아가도
데려올 길 요원하다

세월은

재앙의 시간을 엮어

고혼孤魂으로 저물겠다.

ㅡㅡㅡㅡㅡㅡㅡㅡㅡㅡㅡㅡㅡㅡㅡㅡㅡㅡㅡㅡㅡㅡ「고독 사死」 전문

　고경애 시인의 작품 「고독 사死」 이다.

　고독에 대한 삶의 아픔은 마지막으로 죽음에 이르는 병이
다. 살다가 자기자신이 이 세상에 혼자인 것을 느끼게 될 때
죽음에 이르는 병을 맞이하게 되는 것이라고 생각한다.

　김형석 교수의 고독이라는 병에는 "고독의 반대는 사랑이
다. 그러므로 사랑을 가장 필요로 하는 사람이 가장 깊은 고
독을 느끼는 법이며 얻을 수 없는 사랑을 품은 이가 누구보
다도 고독해지는 것이다. 인간을 사랑할 수 있는 사람은 그
인간을 통하여 고독을 잊을 수 있으며 미를 찬양할 수 있는
사람은 그 미에서 고독을 해소시킬 수 있다. 그러나 실존적
인 고독을 느끼는 사람은 영원을 사랑하기 때문에 그 영원
을 얻을 수 없는 한 언제나 고독 속에 살아야 한다. 누구도
알 수 없는 아무도 표현할 수 없는 고독 속에 잠겨 살아야
한다. 그는 이러한 고독보다는 죽음을 달라고 요청할지도
모른다. 그러나 사랑하는 사람은 죽을 수 없는 법이다. 영원
을 사랑하는 사람은 영원히 고독해지기는 하나 그 사랑하는
영원 때문에 죽을 수는 없다. 이렇게 본다면 영원에의 고독
은 죽을 수도 없는 고독일지도 모른다."

산등성
등성이마다
얼룩진 허무로 젖어

벗겨내고 닦아낸
열두 폭
설산의 병풍

다가온
처마 끝 고드름
떨림으로 묵상한다.
--------------------「묵상」전문

묵상은 특정 대상을 깊게 생각하는 행위라고 정의한다. 종교적인 관점에서, 묵상은 기도 및 명상을 수행하는 방법 중 하나이며, 묵상은 플라톤 철학의 중요한 부분의 하나였다고 생각한다. 플라톤은 묵상을 통해 영혼이 좋은 형태 나 다른 신성한 형태의 지식으로 올라갈 것이라고 말하고 있다.

고경애 시인의 묵상은 산등성이마다 얼룩진 허무를 벗겨내고 열두 폭 설산雪山의 병풍을 보는 듯 하는 그러한 감동, 그리고 한겨울 초가집 처마 끝 고드름을 보면서 봄을 기다리는 생각을 말하고 있지 않는가?

오며 가며 건네는 사소한 말 한마디
눈으로 끄덕이고 가슴으로 들어주고

한 마음
두 마음을 얹는
정 담아둔 쉼터다

삶은 혼자가 아닌 더불어 사는 것
철 늦어 맺은 인연 솜사탕 날리듯이

작은 정
좁쌀 같지만
내 가슴을 데운다.
--------------------------------「이웃사촌」전문

  우리가 한 세월을 살아오면서 느낀 점은 멀리 있고 무소식
이 희소식인 형제자매보다 가깝게 피부를 대하고 사는 이웃
이 오히려 가까운 형제라는 것을 자꾸만 느껴질 때가 많다.
  고경애 시인도 시에서 말하고 있지만 조그마한 정이라도
쌓이고 쌓이면 크고 그리운 정한이 넘쳐나는 보따리가 되는
것이며 서로의 가슴 따뜻한 정으로 변화되는 것이다.

열정도 차오르면
바람 따라 떠나는 것

사계의 정연한 뜻
앞서거니 뒤서거니

다가올
세월을 두고
마음으로 어를까
---------------------「가을 연서」전문

사계四季는 언제나 변하고 있는 것이다. 나날이 차면 또 한 달이 가고 한 달이 차면 또다시 다달이 바뀌면서 계절이 돌아가고 있게 마련이다.

고경애 시인의 작품 「가을 연서」도 그런 의미에서 작품을 구상하고 있으며 시인으로서 그 열정을 좇아서 움직이는 연정을 사계에 연결하여 다음 계절로 이어지는 세월을 마음으로 어르고 있는 것이다.

파란 하늘 담아서
갈잎 노래 띄워보자
은행잎 앞치마에
가을을 주워들고

내 한철
곱게 물들이고
요정의 춤 추어볼까

가을 하늘 불러서
은빛무대 펼쳐두자
바람자락 휘감아서
춤도 한번 춰보자

이 가을
욕심쟁이 구름도
코스모스 허리 감는다.

바람의 손을 잡고
햇살도 안아보자
조각구름 베어 물고
유리 구두 만들어보자

저 가을
동화 속 요정에
유리 구두 신겨주자
--------------------「가을을 주워들고」 전문

작품 「가을을 주워들고」는 고경애 시집 표제 작품이다.

우리가 작품을 구성하고 또 시어를 장만하여 쓸 때는 실질적인 내용으로 사실적으로 이끌어 가는 수사법으로 쓰는 경우와 동화적인 수법을 빌어서 쓰는 방법을 볼 수 있겠는데 고경애 시인의 표제 작품은 후자의 것에 속한다고 보겠다.

첫째 수에서 "파란 하늘 담아서 갈잎노래 띄워보자." "은행잎 앞치마" "요정의 춤" 등을 들 수 있겠고, 둘째 수에서는 "욕심쟁이 구름도 코스모스 허리 감는다." 그리고 셋째 수에서는 "저 가을/ 동화 속 요정에/ 유리 구두 신겨주자" 등의 표현으로 언급해 볼 수 있다.

작품은 그 작가에 있어서 살아있는 영혼의 꽃일 수도 있다. 그러므로 시인들은 자기 자신의 창작품에 대해서 발표하기 직전까지도 퇴고와 번민을 함께 갖게 되며 그 작품에 대해서는 항상 자신의 진실과 인격과 명예를 함께함을 생각하지 않을 수 없는 것이다.

헛기침 바슬바슬 목울대에 가둬두고
보랏빛 눈망울마저 어쩌자고 딴청인지
무서리 내린 언덕에 한숨만 쌓이겠네.

땀 내음 세월 절여 한 올 한 올 짜내어
색 짙은 가을 얘기 풀어내는가 싶더니
시월은 저리 달아나고 한숨마저 거두겠네.
----------------------「구절초도 한숨 쉬네」전문

　시인은 구절초의 삶의 일생을 늦가을이 들면 찬 서리가 내
리고 삶의 고단함을 노래하고 있다.

　보랏빛 꽃들이 무서리가 내리면 그 언덕에서 한숨만 쌓이
게 되는 삶을 추상할 수 있는 것이다. 둘째 수에서는 봄부터
그 여름 내내 땀 냄새를 보랏빛 진한 색깔로 짜 내어서 보는
가 싶더니 꽃피는 시월은 벌써 도망 가 버리고 무서리 내리
는 달이 오면 긴 한숨만 나오겠다는 것을 시인은 노래하고
있다.

그리움을 엮어서
바람으로 낚을래요.

숭숭 뚫린 마음자리
바람 편에 실어줄래요

억새는 아무나 오라
불러대고 있어요.

122

서걱대는 정을 묶어
등 뒤에 세웠어요.

절 지난 늦은 안부
물어주는 시절인데요.

구름도 손을 내밀어
따라오라 했어요.
ㅡㅡㅡㅡㅡㅡㅡㅡㅡㅡㅡㅡㅡㅡㅡㅡㅡㅡ「가을 낚시」 전문

고경애 시인은 작품 「가을 낚시」 를 통해 가을의 풍정을
마음껏 노래하고 싶어서 제목을 그렇게 정해 보았는가 싶다.
첫수에서는 억새와 가을바람으로 종장에서 말하는 "억새
는 아무나 오라/ 불러대고 있어요."로 갈대가 바람에 마구
흔들리는 상황을, 둘째 수는 억새의 바람소리를 등 뒤에 세
워두고, 구름이 가을 하늘을 수놓고 흘러가는 상황을 말하
고 싶은 것이다.

봄여름 지내온 정
오색 물로 적셨느냐

초록을 내린 서러움
무서리로 깔아놓고

청춘은
바스러지고
입술만 깨무느냐

사계의 정연한 뜻
우주의 질서 앞에

청춘의 불같은 사랑
홍엽으로 지켜내고

설한풍
견뎌내려고
홍엽마저 떨구느냐.
-------------------- 「만산홍엽아」 전문

시인에게 있어서 가을은 발길 가는 곳곳마다 시가 나올 수 있을 것이며 흥얼거리는 것마다 노래로 들려올 것이다.

두목의 「산행」이라는 시에 보면
遠上寒山石徑斜〈원상한산석경사〉 멀리 한산 비탈진 돌길을 오르면
白雲生處有人家〈백운생처유인가〉 흰구름 이는 곳에 인가 두 세집
停車坐愛楓林晚〈정거좌애풍림만〉 수레를 멈추고 앉아 석양의 단풍 즐기나니
霜葉紅於二月花〈상엽홍어이월화〉 서리 맞은 잎이 이월의 꽃보다 붉어라

고경애 시인은 작품 「만산홍엽아」에서 봄, 여름 지내온 푸른 잎들이 오색 물로 적시고 그 젊음을 내려놓고 청춘은 낙엽으로 바스라 지는 것을 슬퍼하고 있으며, 사계의 변화로 우주의 질서 앞에서 청춘은 불같은 사랑 즉 붉게 물들고 있으며 북풍한설을 이겨내기 위해 모든 것들을 다 접고 홍엽마저 털어버리고 맨몸으로 견뎌내려고 하고 있다.

124

이상에서 고경애 시인의 작품 전편을 상세히 읽어 보았다.

시조 전편의 흐름에 대한 내용은 잘 다듬어진 작품들이였으며 특히 어머니에 대한 그리움과 아픔의 그늘이 드리워져 있었고 할머니의 따뜻한 그리움도 함께하고 있었다. 또한 시인 자신의 따사로운 사랑과 아픈 그림자 같은 그리움이 묻어나고 있기도 하다.

시는 그 시인의 인격이며 얼굴이다. 또한 그의 정신과 삶 그 자체이기도 하다. 왜냐하면 우리가 사용하는 언어생활, 지적知的 정신생활, 일상의 표현 등 그 모두가 우리 삶 속에서 우러나오는 것으로 곧 우리의 언어요, 글이요, 시詩인 것이기 때문이다.

문학은 인간이 살아가는 길道이라고도 생각한다. 또한 문학은 사람이 살아가는 길에 뜨겁고 눈물이 있는 정원庭園의 꽃 향이거나 또는 춥고 삭풍朔風이 부는 날 따끈한 희망을 주는 내용內容이거나, 아니면 부패한 정치판 속에서 깨끗한 이슬을 건져 올리는 이야기라고 할 수 있다. 어려운 세상살이에서 보석寶石 같은 언어로 사람들에게 삶의 활력을 부여해 정신의 투혼闘魂을 건져올릴 수 있는 것이 바로 문학의 힘이며 우리들에게 비춰지지 않는 정체성(Identity)을 이끌어내어 일깨워주는 것이 문학이다.

고경애 시인의 시조집 상재上梓를 축하하며 앞으로 더 좋은 작품을 써서 훌륭한 문인이 되기를 바라는 바이다.

불쑥 올라온 꽃자루
낯스런 입술 포개고는

봉싯봉싯 열린 미소
그 신음 길어내고

사랑도
한생에 두고
세월 속에 묻는다.

가을을 주워들고

고경애 시조집

초판 1쇄 : 2018년 9월 7일

지 은 이 : 고경애

펴 낸 이 : 김락호

디자인 편집 : 이은희

기 획 : 시사랑음악사랑

인 쇄 : 청룡

연 락 처 : 1899-1341

홈페이지 주소 : www.poemmusic.net

E-Mail : poemarts@hanmail.net

정가 : 10,000원

ISBN : 979-11-6284-032-0